CAPITU
SOU EU

Obras do autor

Abismo de rosas
Ah, é?
Cemitério de elefantes
Chorinho brejeiro
Contos eróticos
Crimes de paixão
Desastres do amor
Dinorá
234
Em busca de Curitiba perdida
Essas malditas mulheres
A faca no coração
Guerra conjugal
Lincha tarado
Meu querido assassino
Mistérios de Curitiba
Morte na praça
Novelas nada exemplares
Pão e sangue
O pássaro de cinco asas
Pico na veia
A polaquinha
O rei da terra
A trombeta do anjo vingador
O vampiro de Curitiba
Virgem louca, loucos beijos

Dalton Trevisan

CAPITU SOU EU

EDITORA RECORD
RIO DE JANEIRO • SÃO PAULO
2003

CIP-Brasil. Catalogação-na-fonte
Sindicato Nacional dos Editores de Livros, RJ.

T739c
Trevisan, Dalton, 1925-
Capitu sou eu / Dalton Trevisan. – Rio de Janeiro: Record, 2003.

ISBN 85-01-06787-3

1. Conto brasileiro. I. Título.

03-1735
CDD – 869.93
CDU – 821.134.3(81)-3

DISTRIBUIDORA RECORD DE SERVIÇOS DE IMPRENSA S.A.
Rua Argentina 171 – Rio de Janeiro, RJ – 20921-380 – Tel.: 2585-2000

Impresso no Brasil

ISBN 85-01-06787-3

PEDIDOS PELO REEMBOLSO POSTAL
Caixa Postal 23.052
Rio de Janeiro, RJ – 20922-970

Sumário

Capitu Sou Eu

A professora de Letras irrita-se cada vez que, início da aula, ouve no pátio os estampidos da maldita moto.

Aos saltos de três ou quatro degraus, lá vem ele na corrida, atrasado sempre. Esbaforido, se deixa cair na carteira, provocante de pernas abertas. Mal se desculpa ou nem isso. Ela reconhece o tipo: contestador, rebelde sem causa, beligerante.

O selvagem da moto é, na verdade, um tímido em pânico, denunciado no rubor da face, que a barba não esconde. E, aos olhos dela, o torna assim atraente, um cacho do negro cabelo na testa.

Na prova do curso, o único que sustenta a infidelidade de Capitu. Confuso, na falta de argumentos, supre-os com a veemência e gesticulação arrebatada: infiel, a nossa heroína, pela perfídia fatal que mora em todo coração feminino. Insiste na coincidência dos nomes: Ca-ro-li-na, da mulher do autor (com os amores duvidosos na cidade do Porto), e o da personagem Ca-pi-to-li-na...

A traição da pobre criatura, para ele, é questão pessoal, não debate literário ou análise psicológica. *Capitu? Simples mulherinha à-toa.* "Mulherinha, já pensou?", ela se repete, indignada. "Meu Deus, este, sim, é o machista supremo. Um monstro moral à solta na minha classe!" E por fim: "Ai da moça que se envolver com tal bruto sem coração..."

Na prova escrita os erros graves de sintaxe e mera ortografia já não são disfarçados pelo orador com pedrinhas na boca. E por que, as sublinhá-los na caneta vermelha, tanto a perturbam as garatujas canhestras?

Nas aulas, por sua vez, ela que o confunde: sadista e piedosa, arrogante e singela. Sentada no canto da mesa, cruza as longas pernas, um lampejo da coxa imaculada. E, no tornozelo esquerdo, a correntinha trêmula — o signo do poder da domadora que, sem chicotinho ou pistola, de cada aluno faz uma fera domesticada. Elegante, blusa com decote generoso, os seios redondos em flor — ou duas taças plenas de vinho branco?

Finda a aula, deparam-se os dois no pátio, já desaba com fúria o temporal. Condoída, oferece-lhe carona de carro, não moram no mesmo bairro? No veículo fechado, o seu toque casual a estremece, perna cabeluda à mostra com o bermudão e botinas de couro. A cabeleira revolta não esconde, agora de perto, o princípio de calvície.

Ao clarão do poste, as gotas de chuva lá fora desenham no rosto da professora fios tremidos de sombra. Com susto, o moço descobre que, sim, é bela: as bochechas rosadas pedem mordidas, sob a coroa solar dos grandes cachos loiros. Sem aviso, inclina-se e beija-a docemente. Para sua surpresa, em vez de se defender, a feroz inimiga lhe oferece a boquinha pintada, com a língua insinuante.

Dia seguinte ela telefona, propõe irem ao teatro, já tem os convites. Essa, a norma no futuro: tudo ela paga — o ingresso, o sorvete na lanchonete, a conta do restaurante.

Na volta, ela comenta o espetáculo. Ele ouve apenas. Silêncio inteligente? Ou não tem mesmo o que dizer? No carro, mais beijo, mais amasso.

"Louca! Louca! O que está fazendo? Nada de se envolver. Logo esse, um babuíno iletrado, que coça o joelho e odeia Capitu? E o teu filho, mulher? Não pensa que...?" É tarde: língua contra língua, apenas uma boca faminta que pede mais e mais.

Dias depois, convida-o para jantar. Música em surdina, luz de vela, vinho branco. Um filme clássico no vídeo, nenhum dos dois chega a ver. É a confusão da primeira vez:

— Como é que desabotoa? Não consigo...

— Cuidado, bem. Assim você rasga!

Só o bruxuleio da tela. Tudo acontece no falso tapete persa da sala, onde ele derruba o seu copo de vinho: ó dunas calipígias movediças! E sai de joelho todo esfolado.

Flutua dois palmos acima do chão: "Como é gostosa, a minha professorinha!"

À sua mercê, na pose lânguida de pomba branca arrulhante. O queixo apoiado na mãozinha esquerda (com tais dedos fofinhos, tal Mariazinha estaria perdida na gaiola da bruxa). O sestro de apertar o olhinho glauco que a faz tão sensual — e era apenas, ele soube depois, o da míope sem a lente de contato.

Uma semana mais tarde, de volta do cinema, ele entra para um cálice de vinho do Porto. Daí se queixa do joelho esfolado. Ela o recolhe no quarto, a ampla cama redonda.

Ao clarão da lua na janela. Sempre a luz apagada, uma cicatriz de cesariana? Arrepiado, ele evita acariciar-lhe o ventre. Mais excitante:

— Eu não sei fazer direito. Com ele... nunca fiz.

Casada sete anos com um dentista. Divorciada há dois. Um filho de cinco.

— Com o tal nunca senti prazer. Me ensine.

O que ela não conta: dez anos mais velha.

— Eu quero aprender. Só para te agradar.

— ...

— Com você é por amor.

De súbito, já esquecida:

— Põe tudo, seu puto. Vem todo dentro de mim!

É o ritual. Mais um filme clássico, que ele abomina e não vê. Ela, aos gemidos e suspiros:

— É assim que se faz? Pode pedir. Tudo o que... Sou a tua escrava!

Escrava, sim, rastejadora e suplicante ou professora despótica, ainda na cama:

— Estes dois, está vendo? Não são para exibir.

— ?

— São para pegar, seu puto. Não é enfeite!

A suposta aprendiz, na verdade, mestra com louvor em toques e blandícias.

— Agarre. Sim. Com força. Assim.

— ...

— Aqui, beba o teu vinho.

Quer viciá-lo, ela, a droga fatal?

— E mate a tua sede!

Se domina com fluência quatro ou cinco línguas, mais graduada é a lingüinha poliglota em ciências e artes.

— Estou fazendo direito? Ai, meu amor, vem... Eu quero tudo. Você todinho. Mais, seu...

Ó grande gata angorá — luxo, preguiça e volúpia —, os olhos azuis coruscantes no escuro.

— Fale, você. Ei, por que não fala?

Ele, durão. Nem um pio. Aturdido com tamanho delírio verbal.

De repente, batidas na porta. Fracas, mas insistentes.

— Pô, quem será?

O moço, um coração latindo no joelho trêmulo. Decerto o maldito ex-marido (*Não é minha? É de mais ninguém!*).

— Orra, o que eu... agora...

Nu, só de meia branca. "E agora, cara? Se esgueirar para debaixo da cama? Pular a janela? Sair voando pelo telhado?"

Um fio de voz:

— Mãe, por favor.

Ela já enfia o roupão.

— Mãezinha, estou com medo!

De chinelinho, a mão na sua boca:

— Não se mexa. Quietinho. Já volto.

Fecha a porta. As vozes se afastam. Ele acende o abajur: mania dela, só no escuro. Algum defeito, além da famosa cicatriz? Vergonha do grosso tornozelo?

Todo vestido, espera sentado no sofá. "Nu, já não me pegam. Nunca mais."

De volta, ela explica que, isso mesmo, o menino se assustou. Medroso, quer dormir na cama da mãe. Sossega-o, mas não deixa: nada de fixação edipiana. Sempre as malditas fórmulas do velho charlatão, diz ele. Ou pensa, mas não diz.

Dois beijos, ele se despede. E sai de mansinho.

Dias depois, ela o convida, ele dá uma desculpa. Outro convite, outra desculpa. Na terceira vez, o encontro no teatro.

Logo no início da peça, ela não se contém. Voz alta e estridente, chamando a atenção dos espectadores, exige uma explicação. Cansada de amores furtivos. Não é mulherinha qualquer. O moço que se decida: assume o compromisso?

Em pânico, ele encolhe-se na cadeira.

— Eu passo a tomar pílula?

Olha fixo para o palco — depois dessa, Beckett nunca mais.

— Ou é o fim?

Ah, bandido querido, ela começa a chorar por dentro. Mil palavras nada podem contra o brado retumbante do seu silêncio. Não encobre, certo, verdades profundas e caladas. É apenas uma linda cabecinha vazia de idéias — e sentimentos. Desesperada, agarra-lhe a mão. Geme, baixinho:

— Me perdoa... Me perdoa...

Não ele. E aproveita a deixa:

— Você tem razão. É o fim.

Só falar em enigma de Capitu, ele já passa a mão no revólver.

— Sou muito moço para...

Sem perdão ela foi condenada, sequer o benefício da dúvida.

— Isso aí. Já falou. É o fim.

Dia e noite, ela telefona. E pede, roga, suplica, por favor. Que volte, por Jesus Maria José. Ele acaba cedendo. E já os mesmos não são: o doce leite que, só para ele, secretavam ainda os seus peitinhos presto azedou.

O mau aluno revela o pior: bebe o seu uísque, o seu vinho, o seu licor. Perde o acanho, prepotente e abusivo. Só deixar um tímido à vontade nos jogos do amor — e sua audácia não tem limite. Quer tudo, e já. Se, dengosa, ela nega para, entre agradinhos e ternurinhas, logo ceder — não com ele. Segunda vez não pede, o bruto simplesmente toma à força.

Ali na cama do casal, sob o crucifixo bento e a santa de sua devoção, ela se descobre uma bem-dotada contorcionista. É ela? é a sua gata angorá? possessa e possuída, aos uivos, em batalhas sangrentas pelos telhados na noite quente de verão?

Pela manhã, depois que ele se vai, chora de vergonha. "Como eu fui capaz... Não só concordei. Quem acabou tomando a iniciativa? Só eu. Euzinha. Não jurei que nunca, nunca eu faria... Meu Deus, como beijar agora o meu filho? Ó Jesus, sou mulherinha à-toa? Eu, culpada. Eu... Capitu?"

Muito desconfia que, apesar da fanfarronice, ele o mais inexperiente. Disfarça o enleio com a feroz truculência. Chegará logo logo ao tabefe de mão aberta (que não deixa marca) e às palmadas sonoras na bundinha arrebitada. Não é o que merece uma cadelinha feminista, advogada graciosa da filha do Pádua?

Deixa-o de carro diante do barzinho, para encontrar os amigos. Amigos? As coleguinhas lindas e frescas, além de desfrutáveis. Boa safra, essa, para um jovem garanhão!

Ao sentir que o perde, tudo o que ela faz para retê-lo mais o afasta. Ah, quão pouco lhe serve agora a prosápia dos barões legendários: com a paixão e o desespero, vem o ciúme furioso. Não esquece que ele pode ter quantas queira — dez anos mais novas que... *a tia*? E que, elas mesmas, se oferecem agressivas. Sem promessa de constância ou fidelidade.

A tia bem o sufoca, executora de promissórias vencidas e extintas. Tão diferente da outra (vestida só de cabeleira dourada — adeus, nunca mais, ó dunas calipígias movediças!). Agora exige votos de eterno amor antes, durante e depois do amor efêmero.

Até que uma noite ele cavalga a moto, selvagens a máquina e o piloto, impávido na jaqueta negra de couro — surdo aos gritos que o estampido do motor abafa —, fruindo a liberdade da cabeleira ao vento (merda para o capacete!) e antegozando a próxima conquista.

— Adeus, gorda grotesca de coxa grossa!

Ela, arrependida e já resignada com o seu próximo calvário: a perseguição humilhante pelos bares, onde ele exibe o troféu de guerra da correntinha do tornozelo (*essa tia louca lá fora, sabe quem é?*), a longa vigília diante da sua casa (mora com a mãe viúva), as preces não atendidas, as cartas patéticas, ainda que sem erros de sintaxe ou ortografia — merda para a correção gramatical!

Um babuíno tatibitate, ah, é, que coça o joelho? Quem dera, ainda uma vez, beijar esse joelho esfolado e, rastejando aos uivos, lamber as suas feridas... Ai dela, mesma situação da outra, enjeitada lá na Suíça pelo bem-amado, desgracido machista. E, apesar da péssima prova, graduado por média, com distinção em Literatura.

Essa mesma que, ciosa de sua dignidade, rejeitara uma carona de moto, ao ver que ele se vai, dela esquecido, quer segurá-lo — tarde demais. Na fantasia doida, alcança-o e salta-lhe na garupa, agarrada firme à cintura. Lá seguem os dois, abraçados, à caça de aventuras.

Depois que ele recolhe a moto na garagem e dorme serenamente na cama, ela continua na dura garupa. Condenada a vigiá-lo, a guardá-lo, sempre a esperá-lo.

Caminha descalça pelo inferno de brasas vivas. Uma série vergonhosa de casos: fotógrafo homo, pintor futurista, professor impotente, sei lá, poeta bêbado.

E, última tentativa de reconquistar o seu amor, acaba de publicar na *Revista de Letras* um artigo em que sustenta a traição de Capitu.

A sonsa, a oblíqua, a perdida Capitu. Essa mulherinha à-toa.

Curitiba: Odores e Perfumes

A cidade do meu tempo eu lembro dela pelos odores e perfumes das ruas.

Na rua da Sociedade Junak aos domingos Curitiba me cheira a sabonete de coco do baile das polaquinhas.

A cidade recende a mate queimado dos muitos engenhos logo ali na esquina — e dos seus operários com sacos de estopa verde cobrindo a cabeça e as costas curvadas.

A minha Rua Aquidaban tem cheiro compósito de cereais, com os Armazéns de Secos e Molhados do Sizak,

Scandar, Balão e Ali-Bark. Ah, os sacos de boca escancarada do açúcar mascavo, melando o ar e embebedando as abelhas tontas à sua volta, sem força de zumbir...

E lá no topo da Aquidaban o famoso Mercadinho Municipal — entre barrancos revoltos, a carcaça de um grande barco negro pirata, meio adernado no próprio mar de pestilência e dejeção, exalando desde o incenso e as ervas medicinais até o amoníaco sufocante dos mictórios, com banquinhas miseráveis no lugar de escotilhas, onde você pode (riquinho de cinco tostões) partilhar a sopa grossa de repolho dos operários ou o bolinho frito de bacalhau, encharcado de gordura — supimpa! —, e eu me pergunto se mesmo de bacalhau seria.

A Rua Inácio Lustosa, essa, trescala a magnólias de gordas flores alvíssimas que, com a garoa, mais forte penetram as varandas e janelas abertas.

Nos portais de ferro (ladeados por dois leões pacíficos de pedra) diante dos palacetes no Juvevê, eis o caramanchão dos grandes cachos pendentes de glicínias azuis e brancas que, ao se debulharem, perfumam os teus passos por onde você vai.

Como esquecer o cheiro de cola e couro cru nos corredores dos sapateiros na Travessa Oliveira Belo abertos para a calçada — com o virtuoso da meia-sola, o grande mestre Mimi?

E o bafo delicado de aguarrás numa certa lojinha de tintas na Rua Riachuelo?

O odor picante de serragem e cepilho das serrarias na Marechal Floriano, com os quais os piás descalços no fim da tarde enchem os sacos furadinhos de remendos, para acender o fogo dos pobres — e deixam um rastro dourado na sua longa viagem de volta?

E o ranço vicioso das flores murchas dos ipês na Praça Tiradentes, que pintam redondas sombras amarelas e roxas na grama — e coroam a cabeça dos vagabundos dormindo nos bancos?

Na ruazinha sem nome da Água Verde, enfeitando o caminho para o coração da tua namorada, a fileira de damas-da-noite que, florinhas tão modestas, só com as primeiras sombras do crepúsculo ressumam o filtro secreto do amor — esse amor, como o das outras damas da noite, que floresce, inebria e murcha na glória de uma única noitada?

Mais o aroma de erva-doce que ao longe anuncia a Padaria Marchand, com o forno rente à parede da Rua Ratcliff, onde no frio assassino da madruga vêm se aquecer os últimos boêmios, à espera da primeira fornada do pãozinho fresco (a casquinha ainda hoje crocante nos teus dentes), com que acordam e já abrem os braços das amadas adormecidas?

Como esquecer as baforadas ardentes (morrinha de cigarro, odor de fêmea, iodo de falso uísque) nas portas iluminadas dos inferninhos e boates, onde ressoam para sempre os tangos e rumbas dos famosos *crooners* João de Deus e Odilon Portes?

O perfume risonho das pequeninas rosas — milhares delas — na pérgola da pracinha do Batel fazendo os casais de namorados entrelaçarem as mãos e se abrasarem de urgentes desejos — eu não sei do que, mas bem que eles sabem.

E no pátio da Santa Casa o bálsamo abençoado dos velhos cedros que, na enfermaria de indigentes, é o último consolo dos doentes terminais — mais forte que o pus o sangue o clorofórmio?

Todos esses aromas — exaltados pela chuva que tanto chove — alucinam as corruíras, os sabiás e bem-te-vis, canários e pintassilgos que, graças aos teus odores e fragrâncias, ó Curitiba, floreiam os teus céus de mil trinos, cantos e gorjeios.

O Patrão

— Como é o teu patrão?

— É muito bonzinho.

— Não abusa de você?

— Já te conto. Eu estava encerando o soalho. Ao passar, ele me deu um tapa no pompom: *Ai, bundinha gostosa!*

— Que desgracido.

— A patroa foi viajar. De noite, três batidas na porta. "O que é?" *Sou eu.* "O que o senhor quer?" *Abra a porta. Eu quero entrar.* "O senhor não vai me fazer mal?" *Trouxe um presentinho pra você. Não quer ver? Abra essa porta!*

— Ah, se fosse comigo...

— Pobrinha de mim, abri. Sem conversa, logo me tirou a blusa e o resto. A mão, devagarinho pelo corpo, me deixou toda arrepiada.

— Puxa.

— Me fez pegar a coisa dele. E agradou o meu partido.

— E você...

— Depois esfregou a coisa dele no meu partido.

— ...deixou?

— "Por favor, não faça arte. Sinta pena de mim. Uma amiga me disse que dói muito."

— Eu mesma.

— *Não. Não te faço mal. Olhe. Pegue. Este é o meu presente. Só quero brincar um pouco.* O coitado estava tão nervoso. Tremia mais que eu. E ainda falava em brincar...

— Pare de rir, você. Conte. Conte, pô.

— Ele sentou na cadeira. Mandou que fosse por cima.

— Sua louca.

— E segurasse o corpo. Se doesse, era só parar.

— Louca varrida!

— Então brincamos nessa posição. Bem que eu estava gostando. De repente, ai, não me agüentei. Ai, ai, larguei o peso do corpo...

— E daí? daí?

— Dei por mim toda em sangue. Chorando na cama. Sozinha.

— Chorando, sim, o amor do teu noivo perdido.

Boina Vermelha

— Vamos brincar?

— Do quê?

— De papai e mamãe.

Não me agrada o convite. Sou mais do mocinho e bandido. Guria não sabe brincar, chora fácil, vai contar pra mãe.

— Como é que a gente faz?

Quatro exploradores intrépidos. A priminha, mais velha, dez anos. Eu, oito. Meu irmão, seis. E um primo, cinco. A nossa líder usa boina vermelha, por todos invejada. Mas não as suas eternas feridinhas na perna. Seria de tanto se coçar?

Ela chaveia a porta e fecha a janela. O quarto afunda na escuridão. Três pistoleiros têm medo do escuro. Inquietos, entre cochichos trêmulos. O menor ensaia um choro? Difícil lembrar, há que de anos foi?

A mãe dela conversa na cozinha com a nossa. Traz sempre novidade, uma vida misteriosa de segredos. Tudo foi rápido, ninguém veio sondar a reinação.

A prima e eu somos os pais. Meu irmão e o outro, decerto os filhos. Os dois entretidos no escuro, sei lá com o quê. Tudo é jogo quando você é criança. Inocentes, de nada desconfiam. Nem eu.

— Lugar dos pais é na cama?

Da menina ainda a iniciativa. Lá vamos para baixo das cobertas — sem os sapatos? Ela busca a minha mão direita. Leva-a entre as suas pernas — lisinhas e tépidas feito a coxinha das galinhas. (De pecado mortal o mais que sabemos é soprar a penugem arrepiada ao redor da sambiquira. O priminho sustenta que dela se serve — e como levar a sério, esse aí, o maior mentiroso?)

Assim que vou retirar a mão, ela prende-a com firmeza entre as coxas. Pronto me desabotoa a vista da calça curta. E começa a brincar com o bimbim.

Susto e medo (se um deles acende a luz, o que fazem ali no escuro?), sinto os primeiros arrepios do prazer. Será que ela segreda alguma palavra?

— Você quer?

Não, tudo em silêncio. Um sopro. Um suspiro, quem sabe.

— É bom?

Não me lembro se me beija. Mais certo que não. Ah, sim. Passivo e gozoso, eu deixo que me agrade o pinto algum tempo.

— Assim que fazem os pais?

— Seu bobo.

Ela vem por cima. Gemendo baixinho, se esfrega toda. Não gosto muito por causa das famosas feridas na perna — sempre uma pomada branca sobre as cascas. Quem sabe plano diabólico de passar pra mim ferida, casca e tudo?

Melhor esquecê-las. Então penso na tia. Ela, sim, me perturba. Viúva, moça, uma onda rósea de perfume. Contam histórias fabulosas sobre os muitos amantes. Um capitão da Marinha saltando nu pela janela — como saber que é capitão se está nu?

Fui com ela catar uns papéis no baú do sótão. Acho que me levou para não manchar as mãozinhas no pó. Sua voz dengosa, mesmo com os meninos, me provoca doce vertigem. Tão próxima, só os dois, por que não a agarro, mordo o pescoço, beijo o bracinho roliço e nu? Ó visão azul de nuvem e musselina. Largo decote no colo de brancura ofuscante. A sombra do vale das delícias entre os seios de pêra madura.

No seu quarto o bafo inebriante de pó-de-arroz e mil potes leitosos de creme... A mim chamava de *meu bem.* Nenhuma outra mulher nos tratava de meu bem. Mulher séria, naquele tempo, jamais te dizia meu bem. Muito sofreu com o marido; velho, gorducho e calvo, se finou de tanto beber. Deixou-a com a fama de pecadora — toda branca e linda. Ah, sim, e duas filhas.

A mais velha está por cima de mim. Se esfregando e gemendo baixinho. Me sufoca e enjoa ao lembrar das feridas — fruto dos vícios da mãe, que fuma negras cigarrilhas turcas e bebe aos golinhos vinho doce do Porto?

Dela os mesmos grandes olhos de febre. Alta e magra, a mesma voz arrastada, que tenta imitar. Só participa dos jogos de menino — e não perde ocasião de mostrar a calcinha branca de renda. A certeza de que com ela você pode tudo, não te recusará nada. Só falta é a vontade de pedir.

Afinal meu irmão e o primo protestam: a brincadeira não tem graça. Depressa nos arrumamos. É acesa a luz. E iniciada uma batalha épica de travesseiros.

A priminha volta outra tarde. Sempre a tal boina vermelha. A gente repete o brinquedo. Não fossem as malditas feridinhas... Sem novidade — não, desta vez me beija. Mas não gosto: beijos aflitos e molhados. Ai, gostinho ardido de bala azedinha. Copia, será?, os gestos da mãe com o seu capitão nu?

Na terceira visita, ao ouvir-lhe a voz, fujo pelo quintal. Escondido, deixo que me chame em vão.

Prefiro uma pelada, isto sim, no famoso campinho do Poty. Merda, perdemos por 7x0. Nem um pequeno artista da bola pode mais que o juiz ladrão.

A Navalha de Van Gogh

Do que eu mais gosto em você?
Sei lá.
Bem, primeiro eu gosto de te ver.

Cada vez é o deslumbre
de uma cauda florida de pavão
que se desfralda ao meu encontro.

Arco-íris que tem lábios e me beija,
com promessa de uma lingüinha titilante.

Me agrada o teu cabelo,
ainda mais despenteá-lo.
Oh, pisotear esses longos cachos
de uva tinta madura
entre o zumbido de mil abelhinhas drogadas.

Os teus olhos em que me perco
e, quando piscam, mais me afogam
no seu remoinho sem volta.

Os teus seios que,
debaixo da blusa,
me apontam com dois mindinhos em riste
já me chamam pelo nome.

Saltitantes à tua frente
anunciam: aqui vem a guerreira
com suas armas.

E, livres da blusa,
esses biquinhos que me embebedam
com o vinho forte do patriarca Noé.

O teu ventre lisinho com o búzio do umbigo,
onde escuto as vozes em surdina
de uma sereia assassina em série.

As voltas de tuas coxas portentosas,
antes colunas dóricas ou jônicas,
para sustentar esse prodígio de floração humana.

No centro delas a penugem
do ninho de asinha de colibri.

E às três palavras mágicas
Abre-te, Pérola!
já se oferecem ao meu delírio e gozo
todos os frutos proibidos do teu paraíso.

Essas tuas graças
pudendas e sem pudor,
prendas íntimas e nem tanto,
com quais pobres palavras
hei de celebrar ao teu ouvido?

Ai, essa orelhinha petulante,
mas tão e tanto que pede
não trinos ou tercetos,
mas a navalha afiada de Van Gogh.

Sapato Branco Bico Fino

Meu pai não conheci. Sei que era anarquista. Só falava no tal movimento secreto. Um dia, sumiu. Quem acabou com ele foi o Getúlio.

Quatro anos morei com minha mãe. Quando morreu, os filhos cada um pro seu lado. Eu fiquei com meu avô até os dez. Família grande, uma das primas chamada Jandira, oito aninhos. Lidava com ela todo dia. Pulava da minha cama pra dela. Eu já gozava, umas gotinhas. Lembro até hoje da florinha gorda e rosada.

Era safado, tinha de ser. Só olhar em volta, gente e bicho. O início com cabritinha. E barranqueava egüinha. Punheta a valer. Até aposta entre a piazada, quem espirra mais longe. Ou primeirão.

Fui dormir nos pés da minha tia. Uns trinta anos, viuvinha de pouco. Duas filhas, uma delas a Jandira. Uma noite vi que a tia se virava muito. E suspirava.

Daí me pôs por cima, começou a alisar. Eu comi ela. Foi bom, mas eu preferia a priminha.

Doía, esfolava, naquela ânsia. Mas não entrava. Uma tarde foi no carreiro de anta, uma vereda que desce até o rio. Estava montado na priminha, brincando. Ouvi um grito, olhei pra cima. Era a minha tia.

Puxou a guria pela mão, foi contar pro avô. O velho me amarrou no palanque de prender montaria e desceu o arreio. Fiquei de lombo todo esfolado. Ele juntou a minha trouxinha: uma calça curta e duas camisas, cueca nem conhecia. O cobertorzinho fino, cinza com listinha. Aos berros: *Nunca mais me apareça. Se voltar aqui, eu te mato. Agora suma, porqueira.* E fui solto sozinho no mundo.

Saí pela estrada, varei dois sítios, no terceiro fiquei. O pai de um piá conhecido me deu abrigo. Fui pra roça. Pequeno como sou, pé no chão, pegava na foice e na enxada rente um cabra de maior.

No sítio fiquei um ano. Com um velho palmiteiro aprendi a escrever. Minha caneta? Um prego torto. Meu caderno de lição? Umas cascas de palmito. Professora, e mais de uma, fui conhecer bem mais tarde — na cama. E quem tinha tudo a ensinar era eu.

Daí pedi carona, me apinchei no mundo. Vim dar em São Paulo. Me encantei. O Viaduto do Chá. O Vale do Anhangabaú com as palmeiras. Era mesmo um cartão-postal.

Fui me ajeitar na pensão de uma viúva. Gostou da conversa e me acolheu. Dormia debaixo da escada numa cama-de-vento. Tirava água do poço, enchia a caixa para o banho dos fregueses. Para esquentar a água, trazia saco de serragem do Largo do Paissandu até a Água Branca. Saco e mais saco puxado no carrinho de madeira. De dia no largo engraxava sapato. Eu e minha caixinha no ombro. Ou zanzava agenciando a pensão na Rodoviária e Estação da Luz.

Fui pra Lapa, aprendi malandragem. Nas bocas vendia botão de cravo — o presente do galã para a dama da noite. Na gafieira, pra lapela dos tipos de sapato branco. Entrava pelos fundos. Nas batidas da polícia, me escondia debaixo da cama. Se o tira te pega, você apanha de borracha.

Na pensão via o capataz levar camarada pra colher café. Contratava o peão, dez mil-réis por dia, já pensou? Ia ficar rico — e virei peão de trecho. Aparecia um gato (o agenciador). Pagava a bexiga (a conta) da gente. Você catava o galo de briga (a trouxa) e ia pro cafundó. Derrubar mato, roçar, carpir café, colher grão. Eu ficava uma semana, duas. Ganhava um dinheirinho, ia pra zona.

Na onda do café e do algodão era cidade nova em todo canto. Para a fundação o primeiro benefício era a zona. Depois a delegacia, a igreja, o comércio. Você chega na zona já tem mulher. Pagar, eu? Nunquinha. Ao contrário, ganhava presente, camisa de seda, carteira de cigarro. O primeiro par de sapato. De duas cores, já viu?

Nunca me enrabichei. Elas é que por mim. Vivia no bem-bom. A que oferecia mais, roupa e comida, era a escolhida. Moça de zona arruma homem pra se dar importância. Dizer que tem macho só dela. No domingo sai de charrete, soberba com o galã ao lado, se exibindo na praça. Assim cresce a ganância do otário. Ela vale mais. É a tua fulana? O coronel paga o dobro.

Vem o ricaço, ela te avisa: *É um coronel.* Já sabe, fica no quarto, fumando. É sagrado, nele não recebe cliente. Só diz: *Cuidado com as meninas. Não se engrace.* Você espera deitado que ela volte. E não é que me engracei, sim, com uma loira? A Tetéia soube, veio de facão. Me defendi com o travesseiro. Deixou cair o facão, chorou, me beijou. Daí trepamos bem gostoso num lençol de penas brancas.

Doença de homem peguei, sim. Tratava com garrafada de benzedeira. E sabe que funciona? Na farmácia tomei a 914, doída demais. Incha a bexiga, você mija pus. Mas fica bom.

Daí estourou a revolução. De aventureiro, queria ser voluntário. Uma fazendeira não deixou, me levou com ela. Eu, com dezesseis e ela, quarenta e sete. Tinha olaria, fazenda de café. Parente dos Matarazo. Alemoa ou polaca, sei lá. Sem pressa me ensinou as quatro operações — na cama nua de um metro e oitenta e pé quarenta e dois.

Fogosa, queria todo dia. Me agradava com mel de mandassaia e gemada de vinho branco. Bem-disposto, dezesseis aninhos, já viu. Era de manhã, era de noite. Um peitão, Nossa Senhora. Bonita, não. Dinheiruda, sim. Depois nem o dinheiro me segurou. Fugi porque nunca fui do mesmo lugar. Só botar a roupa no saco e sumir.

Moral da história: comecei a gostar do baralho e da sinuca. Caí direto na zona. Não queria outra vida.

Na pensão cuidei dum velho que dormia de favor. O infeliz me pegava na mão: *Meu jovem, olhe pra mim. Veja o que te espera. Já fui rapaz disputado. Tive as mulheres que bem quis. E hoje, onde estou? Família não tenho. Ninguém pra me valer. Vivendo da caridade alheia. Nesta cama-de-vento debaixo da escada.*

Aquilo me calou. Caí na realidade. Daí que o doutor me apertou. Promotor público, já viu, é a maior autoridade. Minha futura mulher era a babá dos filhos dele. Mandou me chamar na delegacia: *Como é, rapaz? Namorando com intenção ou só desfrutando? Saiu da linha, eu te prendo e te arrebento. Te conheço, já estou sabendo. Você é aventureiro.* "Aventureiro sou", eu disse, "mas bem-intencionado. Vivo na zona, sim, e quero mudar de vida."

Daí me casei, ele cumpriu a promessa: foi o padrinho, alugou uma casinha pra nós. Comprou os móveis, jogo de pinho no quarto, cristaleira na sala. Assim o tempo das putas acabou.

Mas não da aventura. Já grandinhos os filhos, continuei peão. A família com a sogra. Sempre lutei, mascate, porteiro de hotel, cigano, até garimpeiro lá nos confins. Nunca parei no mesmo lugar. Dez da noite, há um grande jogo em São Paulo? Pala no ombro, subia no primeiro ônibus. De volta dia seguinte ou uma semana depois. Viageiro nunca deixei de ser.

Difícil o lugar onde não botei o pé. Feira, bailão, rodeio? Lá estava eu. Assim mais de quarenta anos. Nasceu o casal de gêmeos, vim pra Curitiba, aqui me arrumei.

Não vou muito com dona casada. É complicado, não me serve. Sem falar do risco, escapei de cada uma. Me lembro do maridão, grandalhão, bigodão. Eu comi a cunhada primeiro e a mulher depois. A cunhada contou as proezas para a irmã, que se interessou. O maridão sabia da cunhada. Ficou meio cabreiro. Um dia se chega, bufando: *Olha, moço, lá nos matos, quando a gente pega um safado... Sabe o que faz? Prende o pau dele no mourão e finca um prego. Bem na cabeça! É o que ele merece, você não acha?* Eu, que já esperava: "Por isso que eu... De mulher casada não quero saber. Não dou confiança. Comigo, só desimpedida. Tanta moça por aí, por que logo a que tem dono?"

Moral da história: foi uma pena, era melhor que a irmã. Mais atiçada. Corpinho fofo, peitinho duro. Eu dizia: "Será que dá?" Ela, mais que depressa: *Dá, sim.*

Depois foi uma loira, desquitada. Quase acabou comigo. Queria todo dia, sempre mais, nunca satisfeita. Comecei a ver tudo turvo, uma nuvem de mosca no olho. *Você é só meu. Aonde foi? Aonde vai? O que fez?* Até que não agüentei: "Larga do meu pé. Aqui, pardal."

Me deu na fraqueza. Peguei pneumonia, não tratei. O pulmão esquerdo rasgou. Sentei na cama tossindo sangue. Levado ao pronto-socorro, o médico internou na hora. No sanatório, um ano inteiro. Operado o pulmão podre, só tenho o direito.

Tísicos, uns trinta na enfermaria. No terceiro, quarto dia você já não tosse. Pudera, são vinte e um comprimidos por dia — cada um deste tamanho. Mais uma bruta injeção. De sessenta e quatro quilos baixei para quarenta e dois. Tinha dia que se finavam dois, três. Se você passa da terceira noite, e não morre do remédio, está salvo.

Assim que comecei a melhorar, já interessado em revista de mulher pelada. As freiras confiscavam, sem dó. O doutor: *Não se atreva, rapaz. Vai recair. Ataca o cérebro. E morre louco.*

Deitavam um pozinho na água, pra tirar a vontade. Deixei de tomar água, só da torneira. Daí botavam no leite. E a freira: *Tem que beber tudo. Na minha frente.*

Quinta e domingo, visita. No pátio, só adulto. Minha mulher trazia fruta, bolo, dinheirinho para o lanche.

Um dia quase me fui. Estava lá fazia uma semana. Apagada a luz do pavilhão, comecei a tossir. Saiu sangue, eu cuspia. Placas de sangue vivo. O bigode encharcado. Chamei por Santo Antônio. Dele sou devoto. Deito e rezo, no apuro é quem me livra.

Em agonia, quis me erguer. Ir ao banheiro. Ao meu lado, ali de pé um padre baixinho, mão forte. Me prendeu os braços: *Não, filho. Não levante que já não se deita. Fique aí. Bem quieto. Vou buscar socorro.*

E veio o enfermeiro. Já com uma bolsa de gelo. Aplicou no pulmão esquerdo. E uma injeção. Mais gelo, mais injeção. Umas vinte e uma, só naquela noite. E me salvei. De manhã perguntei para a freira: *Onde está o padre baixinho que me acudiu?* E ela: *Aqui não tem padre. Padre aqui não entra.* Era verdade: na capela só freira de branco.

Sabe quem foi, né? Foi o meu São Toninho. Uma visão do céu. Desde então, em qualquer aflição, me entrego ao santo milagroso.

Melhorei, quis logo sair. O médico não deixou. Só me deu alta com carteira de saúde. Devia fazer teste cada mês. Mas você voltou? Nem eu.

Até então foi muita extravagância. Amanhecia nas quebradas, sinuca e mulher. Aí descobri o novo sistema. Quando comecei a dançar. Lidar com viúva e coroa. Estou nessa há vinte anos e outra vida não quero.

Moral da história: me aposentei, mas não das artes. Você acha uma dona e fica à sombra dela. Bem te pergunta: *E a tua mulher?* "Ela? Batalha em casa. Eu? Aqui nos teus braços." Minha mulher conhece o meu jogo — e respeita. Entretida com os filhos, as noras, os netos.

Eu reinando com uma cinco anos, com outra oito. Sem compromisso, sou livre. Não gasto um tostão. Elas pagam tudo. É o meu estilo. Tenho o que elas querem, por que pagar, eu? Se carecem da tua pessoa ao lado na cama? Todas que arrumei fazem questão. Quem propõe sair e pagar é sempre ela.

Assim a minha vida até hoje. Bailão três a quatro vezes por semana. No miudinho ninguém me alcança. De uma coroa ganhei o primeiro sapato branco, bico fino.

Não confundir os nomes — são tantos, alguns difíceis —, a todas chamo de *criança... minha criança...* Bem que elas se deliciam. Não dá pra contar quantas foram. No salão escolhe a que você quiser. Tem que marcar presença. Feito quem não quer nada. Pra começar não avanço nunca. Se você ataca, já espanta. Durão, porém delicado. Até cair de madura, daí você come, poderoso. Nunca se apresse. Um gato, veja, uma onça não assalta direto. Olhinho meio fechado, na espreita: hora certa, dou o bote.

Difícil uma dona bonita ser boa de cama. Laranja graúda de pele brilhante é gostosa? Que nada. Doce é, sim, a pequena de casca dura.

Em grande precisão, a feiosa. Oferecida. Se é uma bruaca? Não me incomoda, o carinha acordado. É da minha natureza. Pode ser velhota, nariguda, baixinha, gorda — ele está de pé, sempre. Qual é o melhor da manga — chupar os fiapos suculentos do caroço, certo? Pra mim nas coroas, já viu, está o mais doce do caroço da manga.

Já se você pega uma novinha, o que ela quer? Dinheiro. E dinheiro eu não dou. Faz papel do quê? De pai. De avô. Velhinho muito do ridículo. Você pergunta: "Está se divertindo, bem?" E ela pensa: *Tô. Com a tua cara.* Diz que gozou três vezes. Você olha o tipinho, seco. Ela geme, grita, só de fingida.

Com a criança você leva na maciota. Se é bagulho, uma tática não falha. Chuveiro bem quente. Aqui na nuca. Você vai com tudo, não periga de piscar. Mais a cama chora, mais eu capricho, forte: mais a avozinha pede pra morrer.

E não pense que sou o pior dos maridos. Até hoje levanto cedinho, faço o café, levo pra mulher na cama. Dava banho nos filhos pequenos, trocava fralda, vestia, levava pra escola. Nunca falei alto com minha mulher. Nunca gritei: "Sua burra!" Se queima o arroz, não brigo. Digo: "Cozinhe outro." Nunca ficamos de mal. Nunca cheguei em casa de mau humor. A cara fechada pelo negócio azarado. Posso largar a roupa na cadeira, ela não revira o bolso. Atrás de dinheiro ou bilhete de outra.

Não tenho o que mais quero? Todas as coroas do mundo. De graça. E livre. Compromisso mesmo só comigo. Se eu digo: "Amanhã não venho", ninguém me segura. Se você me diz: *Amanhã não te quero* — tudo bem. Tudo bem, sei a minha responsabilidade.

Mas livre. Não me diga: *Você tem que...* Daí eu não faço. Uma vez minha mulher apareceu atrás de mim no bar: *Você não vai pra casa*? "Siga na frente", eu disse. "Já te alcanço." E levei três dias pra chegar. Nunca mais perguntou: *Aonde é que você vai? Que hora você volta?*

O Assassino

É caminhoneiro, viaja por todo o país, às vezes mais de mês fora de casa. Quando encontra a mulher grávida, o tipo fica possesso:

— Meu? Esse aí? Nunca que é!

A moça muito religiosa, ele o único homem. Feliz que terá enfim companhia nas longas ausências do marido.

Cada vez que ele chega:

— Não é meu esse bicho.

E xinga:

— Dessa barriga o pai não sou.

Na outra viagem:

— Esconda a pança medonha. Nada tenho com ela.

No fim da gravidez:

— O quê? Ainda prenha? Não se livrou desse trambolho?

Nasce uma menina, bonita, alegre, sempre de fita no cabelo. A amiguinha da mãe que, desde então, evita o assédio do marido. A criança adora o pai, que repele o seu agrado:

— Sai pra lá, você!

Na partida, manobrando de ré o caminhão, ele passa pelo corpinho da menina. Mais que alegue inocência, para a mulher foi de propósito:

— Assassino, sim. Da tua própria filha. Bandido. Há de queimar no inferno. Monstro!

Absolvido no inquérito, mas não por ela, que o recebe aos gritos de três vezes maldito.

Na viagem seguinte morre de mal súbito. A mulher não chora nem veste luto:

— E um assassino merece?

Mais que o Cipreste

Duas irmãs, uma linda e soberba, outra feia e simpática. A linda telefona ao João, marcando encontro. Surpreso e deliciado, ele chega antes da hora na pracinha do Batel. Em vez dela, quem aparece?

— Então é você...

"Aprenda, seu babaca. Te sirva de lição. Nunca mais."

Sentados num banco, quietos. De repente, mãos no rosto, ela rompe no choro.

— O que é, Maria? Não chore. Por que...?

Soluça fundo e de mansinho.

— Choro, sim. Você não gosta de mim.

Ergue o rosto mordido de formiguinhas brancas.

— Só veio porque eu menti. Soubesse que era eu...

Com aflição e desespero, alisa-lhe o cabelo, beija-o. E molha o seu rosto. Quem disse que é feia? Loira, alta, magra. A graça perversa dos dezessete aninhos. E beija com a língua titilando na boca.

Mais calma, volta a sorrir. Caminham por entre os canteiros. Diante do cemitério, ela quer entrar. Mãos dadas, seguem à toa pelas ruas desertas. O cantiquinho alegre da corruíra. Um e outro gato se esgueira à sombra dos ciprestes.

Num dos mausoléus, Maria lê a inscrição:

— *Cresce mais rápido o esquecimento...*

E lhe aperta a mão com força.

— *...que o cipreste à beira do túmulo.*

Na quadra esquecida, uma travessa com um cedro já crescido, ela pára.

— Quer ver o túmulo da minha mãe?

Logo adiante o pobre túmulo descuidado. De outro ela rouba umas flores ainda frescas. Pede que a beije.

— Assim ela nos abençoa lá do céu.

— Está louca, você? Beijar aqui no cemitério. É falta de respeito!

Os dentinhos pequenos, um pouco salientes. Entre eles, a lingüinha sequiosa... Joga os longos cabelos para trás.

— Sou louquinha, bem sei. Às vezes, não me entendo. Quer ver?

Abre a bolsa, mostra um vidrinho escuro.

— Sabe o que é? Veneno, sim. Um dia... sei lá...

De novo, o rosto marejando. Para sossegá-la, afinal a beija. Quando os lábios se afastam, um fio de lágrima aos poucos se desfaz.

— Viu só? Agora está preso. Para sempre!

Olhinho azul doce e suplicante.

— Estou muito feia?

Já se penteia com o espelhinho redondo na mão. De novo a garota inocente.

Ele aceita novo encontro. Cada vez mais perturbado e atraído pelos seus carinhos.

Sem aviso, a irmã entra na sala:

— Puxa, vocês nunca falam? O que tanto fazem tão calados?

Não só as carícias, mas a ternura. Não só os beijos loucos de língua, mas a ingenuidade e a pureza.

— Eu te espero nua...

Convida ao telefone. Nua? Ali sentada na sala, quieta, bordando uma toalhinha. Toda outra, só meiguice.

— Acha o meu nariz um tanto...

Um tantinho, quem sabe. Encanto a mais, não é?

O sofá range. Ficam de pé. Ela o arranha gostoso sob a camisa. Mais excitante na blusa branca e saia xadrez. Anágua rosa com rendas e babados. Penugem preta na axila.

— Epa, você não é loira?

— Não, bobinho. O cabelo eu pintei.

Outra vez, deitada na cama dos pais, só de sutiã e calcinha. Pinta de beleza na coxa direita, que ele rodeia de beijinhos — ó arrepio cintilante (mais doce que um, dois, três quindins) no céu da boca. Muito ela permite, mas não tudo.

— Morda, morda!

Seio alvíssimo e pequeno, bem redondinho. E o nosso João mais confuso e perdido.

Passeiam na eterna pracinha. Diante de um bangalô, glicínias azuis e brancas no portão:

— Esta vai ser a nossa casa...

De volta ao cemitério. Ao longo dos ciprestes, comentando as inscrições. Longe, uma araponga maníaca martela o silêncio. A cabeça dela aninhada no seu peito, João se esquece entre os longos cachos de glicínia dourada. Ela quer um cigarro.

— Mas você não fuma...

Rabisca na carteira: *Eu sou tua. Faz de mim o que quiser.*

Outra vez, no túmulo da mãe. Depois de ajeitá-lo e surrupiar do vizinho umas tantas flores:

— Pobrezinha. Morreu tão só!

Sentada na lápide, cruza provocante as pernas.

— João, me beije.

— Ei, sua louca. Que idéia essa?

— Beije e morda!

— Não vê? É o túmulo da tua pobre mãe!

— Na boca, João. Morda!

Nessa hora, nariguda e tudo, a mais linda de todas as irmãs.

— Não tem sentimento, Maria?

Discutem. Ela chora alto. Em desespero, os cabelos cobrindo o rosto, retorce as mãozinhas.

— Se eu te contasse, João. O que meu pai faz... Olha aqui no meu ombro, a mancha das...

Um segredo, não pode revelar. Por isso é doida. Só o amor de João para salvá-la. Se não a quiser, nem sabe o que...

— Sei, sim: o vidrinho aqui na bolsa!

Chantagem? Agora é demais. Dá-lhe as costas (ali em pranto, debruçada no túmulo) e se afasta, sem olhar para trás.

Por alguns dias, não quer vê-la. Morre, mas não vai. A irmã telefona, ele diz não.

Toda noite ronda-lhe a casa. Namora a sua janela acesa. Castigá-la por infernizar-lhe a vida. Fazê-la sofrer?

E mais não está ele agoniando? Olho fechado no escuro, *vendo*. Ao sol, olho bem aberto — *cego e perdido*.

Por fim, a revelação: isso é o amor?

Louca e nua. Flores roubadas.

Virgem e puta. Cipreste que ri.

Cosquinha no céu da boca.

A Noiva

— Tenho uma amiga que se matou porque o noivo lhe fez mal.

Ela sabia que à noite as flores no ambiente fechado envenenam o ar. Daí encheu o quarto com todas as flores do jardim.

Trancou-se por dentro.

Acendeu duas velas, uma em cada lado da cabeceira.

E deitou-se na cama, de sapato branco e vestida de noiva. Com o retrato dele na mão.

De manhã, ao abrirem a porta, era mortinha.

— É bonito, Maria. Mas não pode ser. Ninguém morre do gás carbônico das plantas.

— Engano teu, João. Perdida de paixão, minha amiga assim acreditava. E quer mais prova? Ela morreu, não morreu?

— Ainda acho que...
— E morta ficou para sempre.
— ...foi por outra causa.
— Agora, João ingrato, me dá um beijo.
— Não um só. Dois e três.
— Se como eu te amo você me amasse...
— ?
— ...não duvidava que uma flor mata...
— !
— ...igual ao veneno em teu copo de vinho.

O Quadrinho

Domingo de sol, dez da manhã. Lidando em casa na maldita pia entupida. Palmas e vozes no portão. A mulher me chama, se posso trocar o chuveiro para uma vizinha. Assim me livro um pouco da desgracida pia, por que não?

Vou mesmo de moletom cinza e sandália. Mais a caixa de ferramenta. Sigo a menina de seus treze anos e, já viu, de peitinho. A duas quadras, se despede diante da pequena casa de madeira, com a avozinha à janela.

Que vem me receber. Velhota de trato, roupão de seda rosa e chinelo felpudo.

— Por aqui.

Com mil desculpas. Incomodar até no domingo.

— Que nada. É distração.

Direto ao banheiro. Enquanto instalo o novo chuveiro, ela me entretém, falando e sorrindo ali na porta.

— Ai, a falta que um homem faz. Até um simples conserto. Trocar uma lâmpada. Quando você perde é que reconhece. Não fosse a boa vontade dos vizinhos. A mulher, coitada, tem outras prendas.

Suspirosa, ajeita o cabelo acaju de cachinho. Epa! uma grossa pérola na orelha de porcelana antiga.

— Seis anos que ele se foi. Ai, triste de quem fica. Sozinha, numa cama fria. Toda esta casa só pra mim. Tenho tudo e não tenho nada.

Repuxa a manga para o jato de água quente. Ao enxugar a mãozinha gorducha, já me esbarrando e se aconchegando. Engulo em seco — sem nada debaixo do roupão?

— Será que você podia... Aqui no quarto. Pendurar um quadrinho?

A grande cama de casal, ainda com dois travesseiros. Diante do espelho da penteadeira, ela descansa no meu ombro a cabecinha perfumada. Me sobe o calorão. Levo os cinco dedos ao peito cheio e, quem diria, durinho. Ela sente o volume. Beijo a boquinha aberta — nem carece empurrar, já dobra os joelhos.

Fora com o moletom, só de camiseta. A sandália cai sozinha. No criado-mudo um pote de creme verde, seja para o que for, já me sirvo. Derrubo com roupão e tudo. Só abrir, nuazinha, está pronta. Fico por cima, dois arrancos, vira o branco do olho.

Vou com tudo, ela recebe num longo suspiro. Entro com firmeza. Aí geme e pede para morrer. No terceiro golpe, dá um grito. Alto para ouvir na rua. Lá longe na minha casa. Nem sabe que aos brados:

— Jesus Maria José!

Enfio a língua na garganta, afogo o berro. Lá vou eu — e vou fundo —, lá vem ela. Quer mais? Castigo sem dó. Que se farte, a avozinha. Tudo e o céu também. Uai, me estendo de costas e puxo o fôlego.

— Aceita um licorzinho de uva?

Demorar não posso, a dita pia me espera.

— Ah, um cafezinho, eu insisto.

Faz questão que me sente. Na cozinha, porém à cabeceira da mesa. Grande caneca de café com leite. Falamos da carestia e tal. A conversa está boa, mas tenho de ir.

— Se eu precisar, já sei quem me acode.

Me leva até a porta. Despedida cerimoniosa, dois velhinhos de muito respeito.

— Basta a menina me chamar.

Meia hora, se tanto. Pendurar o quadrinho, não me lembrei. O retrato oval do falecido na moldura dourada?

Ninguém ouviu o grito lá em casa.

O Natal é uma Criança

Blim! Blom! Bimbalham os sinos!

O Natal é uma festa? Não para os sozinhos. Tristes. E perdidos.

Noite adentro dois amigos bêbados passeiam de carro. Pra lá pra cá, na eterna caça às mulheres. Prestes a desistir, cruzam um táxi com duas moças. Elas sorriem e acenam. Seguem-nas até que descem diante de um edifício.

Pouco depois uma delas surge à janela e joga a chave do apartamento. Quando entram, ai!, descobrem, não!, que são, orra!, bichas travestidas.

A mais bonita, chamada Miss América, desfila de maiô prateado.

— Miss América porque me apaixonei por um negro. Já fui casada, não deu certo. Daí conheci o meu gostosão. Esse tipo de amor louco, sabe como é.

— Você faz de tudo. Eu fazia tudo o que mandasse. Só que era cafetão. Aí me levou pra rua. Estudo não tenho, o que mais eu podia?

— ...

— Meu negão quis uma tatuagem pra mostrar de quem eu era. Com o nome de guerra e tudo. Já viu, aqui? Na bundinha?

— ...

— Ele é lindo, todo lindo por dentro. Pena que é cafifa. Você tem hora de dormir, comer, ir pra rua. Daí gosta de bater. Pra que você obedeça, ele te droga. Toda bicha trabalha chapada. Se diz que não, está mentindo. Sem o pó e a pedra, o que seria de mim?

São levados pelas duas para conhecer Mãezinha. Sentada na cama, costurando lantejoula e vidrilho numa fantasia. A tua própria mãezinha, de peruca loira, óculo, manta xadrez enrolada nos pés.

— Por que "Mãezinha"?

— Caso fixo não é pra mim. O teu homem, com o tempo, acaba sempre de pança e cabelo acaju. E te bate com mais força. É fatal.

— ...

— Daí, se você não se prende num só, cada vez tem um garotão mais moço ao teu lado.

— ...

— Está vendo a fantasia? É pro meu menino. Vinte aninhos em flor, já pensou? Ele tem aventuras, pouco me importa. O telefone toca o tempo todo. Só pra ele. Quando quer passear, eu deixo. Não pergunto com quem ou pra onde. Até escolho a roupa. Que saia bem lindo da minha casa.

— ...

— Sei que volta pra mim. É fatal. Dou dinheirinho. Dou presente. Dele eu cuido na febre. Na ressaca. Nas viagens do piradão.

— ...

— Ciúme? Não tenho, não. Eu não sou a mulher. Hoje sou a mãe dele.

De repente um deles some no banheiro com Lulu, a Louca.

O outro bebe demais e acaba discutindo com a Mãezinha.

Então chega Miss América e celebra a paz entre os dois.

Todos ficamos felizes, e o Natal é uma criança.

Por que, Meu Filho?

Os avós adoecem: a velha entrevada, o avô tem derrame. Estão sozinhos e guardam o leito.

Cada noite assistidos por um da família. Filhos, nora, genros, netos. Até o mais novo é chamado. Ajudá-los a levantar, ir ao banheiro, tomar a sopinha e os remédios. De todos, o caçula é o mais impressionado pela miséria física e degradação espiritual. Um depois outro, morrem os velhinhos.

O moço cada vez mais quieto e ensimesmado. Recolhe-se ao quarto, não fala com ninguém, mal se alimenta. Vem o médico da família conversar com ele. Sai do encontro e diz aos pais:

— Não o deixem só. Nem por um minuto!

Esses levam-no a uma clínica para tratamento e repouso. No saguão, um dos pacientes muito agitado chega-se ao rapaz:

— Você é como eu. Daqui não sai nunca mais!

Assustado, suplica aos pais que não o abandonem. Voltam para casa. A mãe lava as mãos e já cuida do almoço. O pai entra no banheiro. Quando sai, um grito da mulher:

— Onde está o menino?

O pai corre ao quarto. Não pode abrir a porta. Sem chave, o filho arrastou o baú para defendê-la. O homem a empurra com força e vê o menino caído no tapete ao lado da cama. Cravada no peito uma faca até a metade. Na camisa branca — oh, não — uma flor vermelha e úmida abrindo as pétalas.

O pai ergue-lhe a cabeça:

— Por que, meu filho? Por quê?

O moço, voz sumida:

— É melhor, pai... melhor assim...

— Não me deixe. Por favor. Não vá embora.

O filho busca-lhe a mão, segura-a de leve.

— Nunca vou dei...

É tudo. Na porta a mãe chora baixinho, sem coragem de entrar.

Lulu, a Louca

— Querida, pode me chamar de Lulu. A Louca, para os íntimos. Meu mundo é o dos banheiros e mictórios públicos. Viajei por todas as cidades e delas conheço os mictórios. São os meus museus, as minhas igrejas. Lá eu me sinto em casa.

O que me fascina é o amor na sordidez, a morrinha sufocante, a aventura diária. Vida perigosa, sim, querida. Basta seguir a mensagem universal dos três sinais: do olho esbugalhado para a lingüinha pululante de lagartixa para a nota dobrada entre o indicador e o polegar. Ó sede inesgotável do náufrago que bebe água do mar.

Estive no inferno, querida, e voltei. Já fui o último dos párias. Sou um sobrevivente. Agora nada me atinge. Eu, o décimo leproso que voltou para agradecer. E refocilar.

Meu lema é: Faça aos outros, querida, tudo o que você quer que te façam. Sem culpa nem remorso. E por que haveria? Hoje estou curado. Salvo. Não me venha de madre da agonia dolorosa.

Sou livre, sem compromisso. Tudo é lícito para alcançar o prazer. Nada com essas pobres bichas culpadas. E madonas arrependidas. São tristes, são patéticas. Queimadas vivas na fogueira dos seus... pecados? Ora, no mundo dos pecadores o inocente é a maçã podre. Ele, a ovelha negra.

Eu? Eu me concedo absolvição plena. Para ser uma traveca feliz mate o nosso Pai dos Pais. Enterre um espinho de fogo no Grande Olho que Tudo Vê.

Arranhe um machão e você acha uma boneca lá dentro. Por que não deixam o cabelo crescer, botam um brinco, um batom e vão rodar a bolsinha?

Todo dia saio à caça. A glória do caçador no mundo de presas e vítimas. Maravilhosa é a pegação. Na busca, sempre. Um pedaço de carne onde pastar a tua fome. Que é sem fim.

Não, querida, não desprezo a tia, a traveca, a marica, a bonita, a louca, a enrustida, a amiga, a casada. Eu sou uma delas. Eu sou todas elas.

Transar, eu, com uma mulher? Ai, que horror! Mil vezes um beijo no pinto frio e murcho da múmia de Madame Satã.

A Gente se Vê

No ônibus fingi não vê-la. Ela desceu, fui atrás. Alcancei o bracinho nu.

— Ah, é você?

Puxa, sem eu falar nem nada, como soube? O toque especial, decerto. Ela me segurou o braço direito: magro, mas forte. Sim, era eu.

— Está melhor, menina?

Em resposta passou a bengala para o braço esquerdo. Uma queda na calçada típica de Curitiba: pedra solta e buraco.

— Quase boa do joelho. Legal te encontrar. A gente não se vê mais?

A passo ligeiro, juntinhos por duas quadras. Já noite, rua mal iluminada, mais buraco que pedra, ai se você não tem o olho bem aberto. Falamos da sombra fresca depois da zorra do velho sol. Diante do pequeno edifício, eu ia passando, ela parou.

— Quer conhecer o meu pedaço?

Buscou a chave na bolsa.

— Deixa que eu...

Já tinha abrido o portão. Daí o curto passeio de cimento.

Mais uma fechadura, o corredor em penumbra. Sem acender a luz, seguiu direito até a quarta porta. Outra chave, apertou o interruptor.

Entrei, ela correu o ferrolho.

Foi até o sofá, descansou a bengala. Móveis baratos, quadrinhos cafonas na parede, nenhum tapete. Sobre a mesa um vaso com ramo florido de giesta aos gritos — amarelo! amarelo! Tão graciosa, blusa preta sem sutiã e saia xadrez acima do joelhinho esfolado. Ainda de óculo escuro.

— O teu noivo? Se ele aparece?

— Tem tempo.

Se ele chega, soube que era ciumento, já pensou? Vinte e seis aninhos em floração vieram ao meu encontro. Me enlaçou o pescoço nos braços perfumosos de giesta, ergueu a cabeça. E ofereceu os lábios molhados. Sôfrega e gemente, ela me beijou. Todo o corpo tremia.

Sem palavra, cambaleamos até a parede. Ergui-lhe a saia, afastei um lado da calcinha. Um tantinho mais baixa: deu certo na altura, nem dobrei os joelhos.

Ataquei com firmeza. Dois, três golpes fundos, ela já gritou. Não retardei, antes que o maldito noivo. Nada de meu amor e minha querida. Nessa hora, se não cuida as palavras... Está ferrado, cara. Estremeceu toda e relaxou. Não a amparasse, teria caído. Tão rápido que nem tirou o óculo.

— Ai, ai, benzinho.

Eu, durão: nem um pio. Me compus, só guardar o punhal de mel.

— Tenho de ir. O licorzinho de uva? Para outra vez.

Ela sabe do meu caso. E sei que o distinto pode entrar sem aviso. Ela abriu a porta, acendeu a luz do corredor. Um só beijinho, de leve.

— Vê se agora não me esquece.

— E o teu noivo?

— Não é noivo. Só um amiguinho.

— Ah, sei. A gente se vê.

Avancei pelo corredor, abri a porta com o trinco interno. Me voltei e acenei. Ela acenou de volta. Segui pelo passeio, ela podia bem fazer um cara feliz. Orra, tadinha, não fosse... Maldito óculo de sol.

Diante do portão, a cigarra do ferrolho zuniu. Quem eu era: um príncipe? um matador? Lá na porta uma braçada de giesta sorria toda em flor.

Sim, um matador feliz. E saí depressa pela rua escura. Nesta cidade social você é trombado, roubado e currado em cada esquina.

O Guru e o Gaguinho

Toda sexta-feira, fim de tarde, os dois amigos se reúnem no boteco. Das seis às sete, conversam, bebem chope e beliscam batatinha frita na hora.

Eis que chega o colega rico, no carrão vistoso. Mais chope, mais petisco. O visitante propõe conhecerem o novo randevu da cidade. Cada um telefona para a mulher, com uma desculpa e uma promessa: antes das dez todos em casa. Lá pelas nove rumam para a vida alegre.

O rico no carrão, o Guru de carona no fusca do Gaguinho. O seu histórico Oldsmobile descansa diante do boteco. No randevu, pedem cerveja. Mas não o ricaço, quer uma garrafa de uísque escocês. Mais alguns copos, mais umas doses de uísque. O rico sobe com a sua loira para o quarto.

Só que não tem pressa de voltar, levou com ele a garrafa. Faltos de dinheiros, após confabularem —

quase a hora fatal das dez —, o Guru pede emprestado o fusca para ir ao escritório buscar algum.

De volta, em cruzamento perigoso, ele pára no sinaleiro. Explode uma briga no bar da esquina. Lá vem um bêbado projetado de cabeça contra o pára-brisa, que pronto se estilhaça.

Aberto o sinal, com pressa — já imaginou a aflição do Gaguinho no randevu? — o Guru quer se arrancar. Já impedido por um PM que surge de repente.

— Negativo. O cidadão atropelou e feriu um pedestre. Quer se evadir do local?

Sob ordens do PM, que não aceita explicação, o Guru conduz o bêbado, sangrando pela testa, mais o intransigente guardião da lei, até o pronto-socorro.

Enquanto o bêbado é atendido, o PM exige que o Guru siga com ele para a delegacia se submeter ao bafômetro. Em desespero, o Guru se lembra de telefonar para o delegado Roncador, seu velho conhecido. Esse o orienta que espere por ele, já vem socorrê-lo.

Meia-noite no randevu. O Gaguinho, depois de muito gesticular, acerta com a cafetina: o responsável pela conta é o ricaço no quarto da loira. Mais garantia que o carrão prateado ali no pátio?

Livre, o Gaguinho ergue a lapela do paletó e enfia as mãos no bolso, para se defender do frio terrorista da madruga. Já que o Guru nunca mais volta, decide ir a pé ao boteco, em busca de notícia.

Ai, não: o boteco fechado, luzes apagadas. Ninguém na rua. Apenas o fiel Oldsmobile do Guru, à espera do seu dono. Perdido, longe de casa (já pensou o que a mulher iracunda e contenciosa...?), o Gaguinho tenta abrir a porta, quem sabe uma ligação direta.

Eis que o delegado Roncador, de passagem para acudir o amigo em desgraça, reconhece o famoso dinossauro azulão. E, no ato, um marginal forçando a porta... Freia, salta e, arma em punho, dá-lhe voz de prisão:

— Esteja preso, você aí, ô malaco!

Pobre do Gaguinho.

— Orra, de terno e gravata. E roubando... Não tem vergonha, pilantra?

Essa, agora! E, na ânsia de se justificar, ainda mais tatibitate.

Graças a Deus, o delegado entende o nome do amigo comum. Esclarecidos, o Roncador oferece carona ao Gaguinho até o pronto-socorro. Onde suponha você a agonia do Guru, cada vez mais pressionado pelo zeloso PM.

Três da manhã — e afinal todos salvos.

Dão a largada na longa viagem para casa: o rico (essa loira vai lhe custar bem caro) no carrão novo.

O bêbado de ônibus e curativo na testa.

O Guru no impávido Oldsmobile.

O delegado Roncador e o brioso PM, esses, de volta ao plantão noturno.

Menos o Gaguinho.

Não encontrando o fusca, removido pelo guincho, se obriga a caçar nas ruas o último táxi. Nele, meio do caminho, apalpa os bolsos: sem um tostão.

Ali na favela do Pinto — horror! —, o taxista abre a porta e manda-o descer.

Beretta e Pistola

Onze da noite, o rapaz chega do cinema. Evita se recolher mais cedo: no apê ao lado, a eterna confusão dos gritos da mulher e os tabefes sonoros do homem... Em seguida, o silêncio. Um ritual para excitá-los?

Ducha, pijama, cama que te quero. Quase dormindo, ao longe ouve gemidos e o raspar de unhas... É um sonho? De leve, arranhões ali na porta.

Senta-se e, na dúvida, alcança na gaveta o seu 38 cano curto — nesta cidade social, nunca se sabe. Descalço, vai até a porta — ninguém. Epa! De alto a baixo, no batente, a marca de cinco dedos vermelhos e trêmulos...

No corredor o rastro, não?, de *sangue*, sim, até a porta vizinha. Está aberta. E a moça caída no tapete, três cortes no pulso esquerdo, se esvaindo... Ao lado, uma gilete encarnada, ainda úmida.

Ele pede auxílio ao porteiro. Envolvem a moça no lençol e descem tropeçando pela escada. Rápido, de táxi ao pronto-socorro.

Menos mal, não perdeu muito sangue. Dão-lhe alguns pontos e uma injeção tranqüilizante. Duas horas mais tarde, deposita-a no seu quarto. Já dorme em sossego.

O rapaz volta ao seu quarto. Joga-se na cama, exausto. Quase dormindo, o susto da campainha, que toca insistente. Bocejando, vai atender.

Abre a porta — oh, não! Ali uma desconhecida. Com uma Beretta apontada ao seu peito. Furiosa, mão trêmula:

— Grande canalha. Arruinou a vida de minha irmã. Agora tem de pagar. Vou te queimar, seu cafetão barato!

A sua calma, que é antes enorme cansaço, desconcerta a moça, por sinal bonita. Pede-lhe que entre, logo se esclarece o equívoco. A irmã, vizinha dele, é amante de um tira truculento, o delegado Roncador. Que bebe, a explora e espanca.

— Sou testemunha... — confirma o rapaz.

Ela pretende romper com o amante, que não aceita a separação e volta com mais violência. Ao saber pelo porteiro da tentativa de suicídio, a garota corre acudir a irmã. Na aflição, se engana de porta (ali as manchas de sangue) e o confunde com o delegado.

Os dois chegam a rir da trapalhada, ela se desculpa. Dão-se tão bem que, noite seguinte, após atender a irmã, vem dormir com o rapaz.

Mais uma semana. A mesma cena no apê ao lado, gritaria e bofetões sonorosos. Começa tudo de novo? Para dormir, o moço engole dois soníferos.

Três da manhã. Batidas fortes na porta. Estremunhado — será a irmã? — vai abrir. Apanhar antes o 38 na gaveta? Bobagem. Ela, quem mais?

Abre a porta. Diante dele, o baixinho gordinho de bigodinho. Com uma bruta pistola na sua cara. Possesso:

— Seu cafajeste. Quer me roubar a mulher, safado, pilantra?

Em pessoa, o famoso delegado Roncador.

— Já te dou uma lição!

"Só comigo", pensa o rapaz. "Só comigo isso acontece." Sem palavra, desolado, abre os braços.

— Agora quero ver. Seja homem. Reaja.

— ...

— Se não, vai bala!

De Olhinho Fechado

No sábado, com dor de cabeça, não fui para o emprego. Fiquei deitada quietinha no quarto escuro. A minha filha de cinco anos chegou da escola e entrou no quarto. Sentou-se no canto da cama: *Mãe, eu tenho uma coisa pra te contar.* Pela voz chorosa e trêmula, senti logo um aperto no coração.

Sou viúva. Tinha um namorado, João, que passava os fins de semana comigo. No sábado, depois do almoço, eu saía para o trabalho. Deixava-o cuidando da menina.

Daí ela contou que o João sentava-se no sofá e ligava a tevê. Punha-a no colo e ficava passando as mãos pelo seu corpo. Primeiro sobre a roupa e depois por baixo. O tempo todo gemia e falava bobagem.

Mandava que tirasse o vestidinho e se deitasse no sofá. Olhava-a de longe e vinha aos poucos se chegando.

Beijava e babava no seu rosto. Acariciando e lambendo o corpo, baixava-lhe a calcinha.

Para não apanhar — *Se você não deixa, eu te rasgo todinha!* e *Não grite, que eu te mato!* —, a coitadinha fechava os olhos e chorava. Sentia alguma coisa no meio das pernas, mas não tinha coragem de ver o que era.

O João dizia que estava muito calor e queria tomar banho. Entrava com ela debaixo do chuveiro e a esfregava devagarinho. Depois a vez dela, o que não era fácil, de olhinho meio fechado.

Isso desde antes do Papai Noel. Ai, sim, tantos meses... Ele jurou que matava direitinho as duas, se a guria me contasse. Com a faca de ponta ali na gaveta da cozinha.

O que ela podia? Uma criança, cinco aninhos, já pensou? Só obedecer e chorar. E sentia as lágrimas quentes que rolavam sob as pálpebras descidas.

Só agora, que briguei com ele e não vem mais aqui, a pobrinha achou coragem de me dizer tudo. Bem ela pedia todo sábado que a professora a deixasse ficar na escola, mas não era atendida.

Daí perguntei por que nunca ela gritou para chamar a vizinha. *Ele podia até acabar comigo,* respondeu. *E eu ia deixar que matasse a minha mãezinha?*

Sou Inocente

— Uma menina, já pensou, de seis, sete aninhos? Quando a mãe, no sábado, após o almoço, saía para o trabalho... Me buscava pela casa inteira. Corria para mim. Pulava no colo, abraçava com força, beijava pelo rosto.

Eu não gostava. Ela queria beijar na boca. Boquinha faminta, pedia sempre mais. Até enjoei de tanto beijo molhado. Daí metia a mão por baixo da minha roupa. Primeiro no peito — *como você é cabeludo, cara!* Depois, descendo, a barriga. E se enfiava no meio das pernas.

Não satisfeita — *ai, que calor, cara!* —, tirava pela cabeça o vestidinho. Depois, a blusa — duas metades certinhas de limão verde. Por fim a calcinha vermelha. Me corria os dedos pelo corpo, se esfregava, gemia baixinho.

Quem diria, uma criança, tão sabida e viciada. Será que imitava a mãe, sei lá. Uma colega que a tinha iniciado?

Eu resistia, cara, bem não querendo. Era insistente, ameaçava contar. Tudo intriga. *Foi você quem... Só você...* Até que eu deixava. Ela tirava a minha roupa. Tinha de me deitar com ela. Vinha por cima, que a chamasse de minha gatinha.

"Louca, louca!", eu dizia. "Não seja louquinha." Mas você parava? Nem ela. Gostava de brincar com ele: *Veja como ele abre e fecha o olhinho!* Falava com ele, pô. Colocava ele entre as pequenas coxas e apertava. Com ele escrevia pelo corpo o meu nome.

Só fiz isso para agradá-la, afinal a mãe era minha companheira de cinco anos. Me deixasse um pouco em paz. Ficasse quieta e fosse cuidar das lições.

Isso aconteceu, sei lá, umas cinco, seis vezes. Daí eu não quis mais. Em vez de ficar em casa com ela, depois do almoço, saía com a mãe. A bruxinha não se conformou. Decidiu se vingar.

E agora, sem esperar, esse escândalo... O fim de tudo. A queixa na polícia, o retrato no jornal. Sou chamado de monstro. Eu, euzinho, o monstro?

Cara, me diga, te juro. Só fiz o que ela pediu. Assim me deixasse em paz. Orra, sou inocente. Por tudo o que é sagrado. Três vezes inocente. Agora me diga. O que vai ser de mim?

A Visita

No domingo minha mãe me arrastou e fomos visitar a sua velha professora de piano. Essa mania que ela tem de coisa e gente antigas. Duas horas de ônibus, já viu, choro de criança — eu simplesmente odeio criança! —, calor e poeira. Estava morta de sede e queria ir ao banheiro.

Mais vinte minutos a pé debaixo do maior sol. Afinal minha mãe parou diante de uma velha casa de madeira, que parecia deserta.

— É aqui.

Puxa. Todas as janelas fechadas — menos uma, a da varanda. O jardim era só mato e abandono. Árvores tortas, de galhos secos.

Batemos palmas até que a pequenina mão afastou um canto da cortina suja. Estalando o chinelinho de feltro, a professora veio abrir o cadeado do portão.

Cabeça bem branquinha, tinha uns mil anos, a cara um papel de embrulho amassado de rugas. Mas dava gosto de ver, lúcida e lépida. A gente fica espantada ao conversar com ela, não gagueja nem esquece as palavras.

Ela nos recebeu na sala em penumbra. Eu pedi para ir ao banheiro. Daí nos guiou corredor dentro. O resto da casa era tudo escuro. Fosse noite, você achava que acabou a luz. Mas era meio-dia... O sol batia nas portas e janelas brigando para entrar.

Lá fomos tateando os pés e apertando os olhos para conseguir enxergar. De repente, no vão de uma porta, o vulto colosso de um gigante. Ali, quieto e parado. Me deu um bruto susto e busquei a mão de minha mãe.

— Este é o meu filho João.

Cumprimentamos de longe. *Diga bom-dia para o moço.* Bem que eu já tinha dito. Ela é surda ou só mandona? Em todo lugar, a mesma coisa: *Sente direito, menina... Não faça... Não, não...* Logo eu, que sou mais bem-educada que ela. Mãe, pô, não aprende nunca.

Fomos ao banheiro. Tomei dois copos de água fresquinha da moringa. Em cada canto aquela morrinha sufocante de rato morto no porão. As vidraças tão sujas de pó dispensavam cortina. Mãe e filho agiam que nem fosse a casa mais normal do mundo.

Voltamos pra sala — ao menos lá você enxerga a silhueta do outro — e ficamos conversando. Olhei em volta: se era professora, cadê o piano? Pergunta boba. O piano era o contorno de um fantasma de pó desenhado ali na parede.

— Os alunos eu perdi...

Ela adivinhou a pergunta.

— E com ele paguei as contas atrasadas.

Daí contou que tinha visto uma cobra no quintal e gritado de medo. O filho foi lá e, em vez de matar a bruta fera, se deliciou com o susto da velha. Ele gosta de qualquer bicho, por mais nojento, aranha, lagartixa. Jura que cobra-verde não morde — ao menos, a ele. Só olhar bem dentro dos olhos, elas espirram a lingüinha em despedida e fogem pra toca.

A mãe falava com a professora, e ele, comigo. Sentado à minha frente, era mesmo um brutamonte. Ainda mais perto de mim, que sou miudinha.

Altão, magríssimo, barbudo. Um esqueleto, sim, de longa barba grisalha. Me olhava com tanta força que os olhos acesos brilhavam no escuro. "Um tipo de profeta antigo", eu pensei. "Até que bonito. Escondido da mãe, come gafanhoto e mel."

Ele me fazia uma pergunta depois de outra. Mal eu terminava de responder, era a vez da seguinte. Meio rouco, a voz de pouco uso. Sem você esperar, achava graça numa simples palavra. Ria alto, mostrando os dentes amarelos de cavalo matungo.

Eu queria entrar na conversa da professora com minha mãe. Era impossível, o João insistia em saber os detalhes de tudo o que eu contava. Aí ele pegou e falou assim:

— Lá nos fundos tem uma ninhada de pintinhos amarelos...

— Legal, pô!

— A menina quer ver?

Eu, prontinha pra ir. Já viu um batalhão de pintinhos amarelos acertando o passo atrás da mãe... não é o número de circo, marcha soldado, cabeça de papel, mais lindinho do mundo?

A professora ensaiou um gesto, quis falar. Desconfio que estavam as duas mais interessadas na nossa conversa do que eu na delas. Minha mãe, que não parecia estar ouvindo, nessa hora me prendeu a mão e apertou com força:

— Não. Já vamos sair. Hora do almoço.

Mãe é sempre assim, vive estragando a diversão da gente. A professora trocou o chinelinho pelo sapato. Lá fomos as três almoçar no restaurante.

Na despedida, o João bem triste deu a mão pra minha mãe. A mim ele ergueu nos braços, apertou muito, fungou no meu pescoço. Fiquei tonta do bafo azedo de sua roupa. E me despenteou a franjinha, isso eu não perdôo. Simplesmente odeio que me peguem e me abracem. Ainda mais sem minha permissão. Só porque sou pequena, pensam o quê?

A professora chaveou o cadeado e sacudiu duas vezes: sim, bem fechado. Lá ficou o prisioneiro atrás da cerca de ripas em ponta. Mais dois fios de arame farpado.

No caminho ela abriu a sombrinha azul desbotada. E contou que a sua vida com o filho era um quadro de dores. Mas não havia nada a fazer. O pobre tinha mania de perseguição, por isso a casa escura e as janelas cerradas.

Para ele, os vizinhos, a gente na rua estão sempre espionando. Não permite que se ligue a luz. Ai da velha... Se diz que é bobagem ou esquece uma lâmpada acesa ou deixa um nadinha a porta aberta — ele se põe aos berros.

Não corta e não deixa cortar a grama. Quanto mais planta, galho, folha, mato, mais escondida a casa. Minha mãe, que é ditadora, disse que ela devia *sim-ples-men-te* abrir todas as janelas, e pronto.

— Daí ele fica violento.

— Violento, como? Com a senhora?

— Não. Comigo, não. Com os vizinhos. Uma pessoa que passa na rua. Ele vai e agride. Dá soco, grita, derruba. Se está escuro e tudo fechado, fica bem dócil.

Já que não pode lidar no piano, na cozinha, no jardim, a mãe sai todo dia para uma e outra lição em casa de aluno, visita uma velha amiga ou vagueia pelas ruas e praças.

— E ele? Nunca sai?

— Sai, uma vez, outra. Espera que anoiteça. E vai dar um passeio de bicicleta. De volta, conta as histórias mais fantásticas. Foi seguido por gente suspeita. Observado de binóculo. Fotografado por espiões de capa e chapéu. Sem rosto.

— E a senhora não corre perigo?

— Não. Pra mim não levanta a mão. Só uma vez. Noite de Natal, chegou furioso da rua. Me ergueu nos braços, me agitou com força. Não disse nada. Só me olhou sem me ver e sacudiu no ar. Daí me atirou no chão.

— Por quê?

— Não foi ele. Senti que um espírito maligno tinha se apossado dele. Eu só repetia, baixinho: "Em nome de Jesus, fora desse corpo! Sai, diabo! Em nome de Jesus, vai-te embora!" Até que foi amansando. Encolheu-se todo no sofá e chorou.

— ...

— Quem me jogou no chão, eu sei. Não foi ele. Foi o capeta no corpo dele.

Daí ela falou que, naquela escuridão, não achava o último cheque da aposentadoria. Na busca se vale de pequena lanterna elétrica. "É sempre assim", eu pensei: "Os pais vivem perdendo as coisas. Depois culpam a gente."

Minha mãe, é claro:

— Será que não foi ele?

— Que nada. Posso deixar em cima da mesa, ele não pega. Até briga: *Não largue o teu dinheiro por aí. Tem gente frestando.*

— Ele nunca...

— Fim do mês ele pede, sim, um dinheirinho. Eu sei pra que é. Se não dou, é pior. Não diz que é pra beber. Quando fica assim agitado, eu sei que é. Eu dou.

Então, boca da noite, vai pro bar. Sinto o bafo de álcool, mas não volta bêbado, não. Só com aquelas aventuras incríveis de perseguição. Todo sujeito lá no bar. Basta rir, é dele que está rindo.

Caminha uns tantos passos na rua, pára, vira-se de repente. Se é alguém que não o encara, está disfarçando. Se olha — *eu não disse, velha?* —, é um espião a segui-lo. Dos carros, das janelas, das esquinas, mil olhos estão espreitando.

— Do que ele foge? Será que...

— É engraçado. Sabe aquela marchinha antiga de carnaval, *Sossega leão*? Pois ele entrou no boteco. Uma turma estava cantando. Ele voltou depressa, bem agitado: *Sabe, mãe?* "O que, meu filho?" *Eles cantavam olhando e rindo pra mim. O leão, sabe? Esse leão sou eu!*

Daí acabamos de almoçar. Minha mãe proibiu que eu repetisse o pudim de sobremesa. Mãe é cha-a-a-ta. Disse que era hora de voltar. A professora quis que, antes de partir, a gente aceitasse um cafezinho. Preparado pelo filho, que gosta de lidar na cozinha. Minha mãe não aceitou (no ônibus, me falou com horror nas unhas de luto do João).

Acompanhamos a professora até o portão. Ela deu um beijo na mãe e uns três ou quatro em mim. Mania de velho, sempre esses beijos molhados. Acham que sou criança ou o quê? Disfarçando, enxuguei a bochecha.

Mais alto que o matagal do jardim, por entre as ripas da cerca, vimos os braços abertos do João gesticulando em despedida.

— Mãe, do livro de histórias da Bíblia, ele não parece o profeta Jeremias?

— Que Jeremias. Esse aí? Pior que doidinho. Um grande pervertido.

Sempre assim: tua mãe acha que tudo sabe mais que você. Falar com ela é tempo perdido. E a mania de usar palavra difícil, só pra te obrigar a ir no dicionário. Pensa que eu não sei? Ela que é uma perverdi... não, per-ver-ti-da.

Antes de dobrar a esquina, eu me virei e lá estava ele. Não é que, último adeus, me atirou um beijo na ponta dos dedos? Com dor no coração, me lembrei da visão perdida dos pintinhos amarelos, marchando em passo certo, um atrás do outro...

Fatal: assim que você cresce, a mãe da gente serve só pra te envergonhar.

CANTARES DE SULAMITA

Cantar 1

Se você não me agarrar todinha
aqui agora mesmo
só me resta morrer

se não abrir minha blusa
violento e carinhoso
me sugar o biquinho dos seios
por certo hei de morrer

estou certa perdidamente certa
se não me der uns bofetões estalados
não morder meus lábios
não me xingar de puta
já hei de morrer

bata morda xingue por favor
morrerei querido morrerei
se você não deslizar a mão direita
sob a minha calcinha
murmurando gentilmente palavras porcas
sem dúvida hei de morrer

também certa a minha morte
se você não acariciar o meu púbis de Vênus
com o terceiro quirodátilo
já caio morta de costas
defuntinha
toda morta de morte matada

morrerei gemendo chorando se você titilar
a pérola na concha bivalve
morrerei na fogueira aos gritos
se não o fizer

amado meu escuta
se você não me ninar com cafuné
me fungar no cangote
mordiscar as bochechas da nalga
me lamber o mindinho do pé esquerdo
juro que hei de morrer
certo é o meu fim

te peço te suplico
meu macho meu rei meu cafetão
eu faço tudo o que você mandar
até o que a putinha de rua tem vergonha

eu fico toda nua
de joelho descabelada na tua cama
eu fico bem rampeira
ao gazeio da tua flauta de mel
eu fico toda louca
aos golpes certeiros do teu ferrão de fogo
ereto duro mortal

ó meu santinho meu puto meu bem-querido
se você não me estuprar
agora agorinha mesmo
sem falta hei de morrer

se não me currar
em todas as posições indecentes
desde o cabelo até a unha do pé
taradão como só você
é certo que faleci me finei
todinha morta

se não me crucificar
entre beijos orgasmos tabefes
só me cabe morrer
minha morte é fatal
de sete mortes morrida
mortinha de amor é Sulamita

Cantar 2

Ó não amado meu
moça honesta já não sou
e como poderia
se você me corrompeu até os ossos
ao deslizar a mão sob a minha calcinha
acariciou a secreta penugem arrepiada?

como seria honesta
se você me deitou nos teus braços
abriu cada botão da blusa
sussurrando putinha no ouvido esquerdo?

se pousou delicadamente sem pressa
a ponta dos dedos nos meus mamilos
até que ficassem duros altaneiros
apontando em riste só pra você?

maneira não há de ser moça direita
depois de ter as bochechas da nalga
mordidas por teu canino afiado
que gravou em brasa para sempre
com este sinal sou tua

não nenhum resto de pureza
assim que descerrou os meus lábios
dardejando a tua língua poderosa
na minha enroscada em nó cego

como ser mocinha séria
depois de beijar todinho o teu corpo
com medo com gosto com vontade
de joelho descabelada mão posta
à sombra do cedro colosso do Líbano
mil escudos e troféus pendurados

é possível ser moça de família
se me sinto a rosa de Sarom
orvalhada da manhã
com um só toque do teu terceiro quirodátilo?

Ai precioso amado querido
meu corpo tem memória e febre
meu puto me abrace me beije
sirva-se tire sangue me rasgue inteira
satisfaça a tua e a minha fome
finca o teu pendão estrelado
onde ele deve estar

oh não meu príncipe senhor da guerra
mocinha séria já não sou
me boline devagarinho
no uniforme de gala da normalista
atenção às luvas brancas de renda
me derrube na tua cama
de lado supina de bruços

me desnude diante do espelho
me arrume de pé dentro do armário
me ponha de quatro
me faça de carneirinha viciosa do bruto pastor
me violente sem dó com firmeza
só isso mais nada

sim bem-querido meu
sou putinha feita pra te servir
me abuse desfrute se refocile

quero sim apanhar de chicotinho
obedecer a ordens safadas
submissa a todos os teus caprichos
taras perversões fantasias
quais são? como são? onde são?

me diga como posso ir à igreja
de véu no rosto Bíblia na mão
se você afastou com dois dedos firmes e doces
o mar vermelho entre as minhas pernas
expondo à vista ao ataque frontal
meu corpinho ansioso e assustado
me estuprou me currou me crucificou?

quando separou os joelhos
abrindo as minhas coxas
um querubim fogoso
de delícias me cobriu
com sua terceira asa de sarça ardente

como ser moça ingênua
se antes sou uma grande vadia
o teu exército com fanfarras desfilando
na minha cidadela arrombada?

ai quero te dar até o que não tenho
amado meu santuário meu
quero ser a tua cadelinha mais gostosa
como nunca terá igual
serei vagabunda eu juro
todas as posições diferentes
todos os gemidos gritos palavrões
todas as preces atendidas

desfaleço de desejo por você só você
montar o teu corpo cândido e rubicundo
é galopar no céu
entre corcéis empinados relinchantes

vem ó princesa minha
depressa vem ó doce putinha
aos gritos fortes do rei que batem à porta
o meu coração se move
salta de um a outro lado do peito
já se derretem as minhas entranhas
o rosto do amor floresce neste copo dágua

eu sou tua você é meu
por você inteirinha me perco
quem fez de mim o que sou?

sim amado meu
sou virgem princesa concubina
égua troteadora no carro do Faraó
vento norte água viva
sou rameira tua rampeira Sulamita
lírio-do-vale pomba branca
morrendinha de tanto bem-querer
até que sejamos um só corpo
um só amor
um só

O Menino do Natal

Uma noite maldormida, sonhos aflitos e confusos. Chega em cima da hora, oito da manhã. Desde longe, vê a moça, quase menina. *Jeans* preto, blusa branca, jaqueta de couro. Linda no cabelo curto loiro, grande olho castanho, meio sorriso triste. Beija-a de leve na face.

— Tudo bem? Quer mesmo ir?

— Sim. Vamos.

— Veja lá. A decisão é tua. Sim ou não, eu aceito.

— Pensei a noite inteira. Devo terminar a faculdade. Não é a hora.

Entram no edifício antigo. Uma escada estreita e escura. Primeiro andar, fim do corredor. Uma amiga indicou, diz que senhor de cabelo branco.

Uma placa diante da saleta minúscula. Duas portas. Olho mágico e câmera no alto. Ele aperta a campainha, três notas musicais. Voz feminina no interfone:

— Quem é?

Ela se identifica. O clique da porta automática. Outra salinha mínima. Mal cabem dois velhos sofás de couro artificial preto, sem encosto. Paredes nuas. Sentam-se lado a lado. Mais pálida, a boca vermelhosa. Ele aperta a mãozinha úmida e fria.

Surge uma gorducha ruiva na porta interna. Entram os dois. Terceira sala minúscula, com mesinha e uma cadeira. A ruiva senta-se, espremida no *jeans* desbotado e na blusa amarela. Olha para ele:

— Sabe qual é o preço?

— Sei. Oitocentos reais. Aqui estão dois cheques. Um dela, um meu.

Careta de contrariedade.

— Ah, não. Cheque não aceitamos. Só dinheiro.

E já se levanta.

— Voltem outra hora. Outro dia.

— Espera aí. Ela tem hora marcada. Está em jejum. Trouxe os exames. Me dá cinco minutos. Eu consigo o dinheiro.

Orra, oito da manhã, como? onde? com quem? Já sei: bendita mãezinha, tem sempre uma reserva em casa.

— Posso usar o telefone?

Ali sobre a mesa.

— Mãe. A bênção, mãe. Olha, preciso de oitocentos paus. Pra já. Depois eu devolvo. E te explico. Mas preciso já. É urgente.

— A essa hora da manhã? Não pode esperar?

O que estará a pobre velhinha pensando? Dinheiro, assim tão cedo, boa coisa não deve ser.

— Não. Tem de ser já. Agora. Por favor, mãe. Me acuda.

Santa senhora, e o susto? Meu filho perdido, um assalto? seqüestro? droga? Ah, não, droga, não. Tudo menos droga.

— Deixa ver. Tenho aqui setecentos. Teu pai...

— Não peça pro pai. Pro pai, não.

— ...troca um cheque de cem na farmácia.

A moça fica na sala. Ele arremete aos saltos pela escada e vai até a esquina. Logo o velho carro do pai encosta, baixa o vidro. O moço apanha o dinheiro.

— Veja bem, rapaz. O que vai fazer.

— Tudo bem, pai. Obrigadinho. Depois falamos.

Até hoje não falaram, pai nem mãe tiveram coragem de perguntar. Uns quinze minutos, ei-lo de volta.

Campainha. Olha para a câmera. Clique da porta. De novo a gorda sardenta e grosseira:

— Conseguiu?

Ele entrega o macinho de notas. Depois de contar, ela enfia na gaveta da mesinha, uma volta na chave. Em recibo não se fala.

— Ela já entrou. Pode aguardar na sala.

Olha o relógio: oito e meia. Nem janela nem revista. Lá dentro, como será? O que está acontecendo?

Soa a campainha, as três notas. Vozes. Clique. Entra uma senhora esbelta e elegante. Acena, sem olhar. Nessa idade, terá vindo por igual motivo? Epa, cabelinho curto, loira, olho verde, é a minha perdição.

Já sei, bem a guria comentou: *Minha mãe é mais bonita.* E agora, cara? "Sou o... Prazer?" Melhor não, antes quietinho. Nem sabe o meu nome.

Ela prefere o mesmo sofá, ao seu lado esquerdo, diante da porta interna. Costume azul-claro, remates vermelhos discretos. Meia cor da pele. Sapato preto de saltinho. Sim, as duas muito parecidas.

Observa as pernas cruzadas, um pé balançando, inquieto. Bem torneadas, adivinha a carne alvíssima, lavada em sete águas florais. A curva preciosa do joelho, a suave covinha. Ela repuxa a saia que sobe, gesto delicioso. Oh, as lindas panturrilhas, sou tarado. E o jarrete, ó ninho de veios secretos, já pensou? Essa palavra é convite ao... Não pense, cara. Engole em seco.

— A senhora é mãe da Maria?

Epa, que voz rouca é essa. Pigarro.

Volta-se um tantinho para o seu lado. Bem-vestido, de gravata. O melhor terno azul-marinho.

— Sim.

Cruza e descruza as pernas.

— Bonito, hein? Que papelão. Onde a cabeça de vocês? Dois adultos, quem diria. Os filhos a gente protege com tanto amor. Mil cuidados. Mas não, o pai é quadrado, a mãe careta. E agora, isso. Tão moça, passar por tudo isso.

Ele concorda, acenando e suspirando.

— Pois é. Não sei como. Mais que... A gente nunca esperava. Só que aconteceu.

Ela olha de soslaio para a sua mão esquerda — ainda bem, por causa da musculação, não usa aliança.

— Está certa, a senhora. Todinha razão.

— Menos mal que o pai não sabe. Ai de vocês. Se ele descobre, mata os dois.

— Com todo o direito.

A saia sobe, ela persegue-a com dedos longos e nervosos. Sacode o pezinho, ó pezinho. E de novo, ó panturrilhas. Ai, não: o som rascante na meia de seda — será uma das que, no gozo, enterram as unhas em fogo... Ei, cara, delirando outra vez?

Passada a tensão, o diálogo mais ameno. É longa espera.

— Curitiba não é a mesma. Quem dorme com tanta zorra? Ainda mais, um marido que ronca. E esse maldito trenzinho não pára de apitar. Às vezes me desespero. Vou dormir na sala.

Mulherinha que se queixa do marido? Essa não me engana. O tipo ronca... ela suspira sozinha no sofá — de camisola com renda e lacinho rosa? apenas o casaco do pijama de florinha... mais nada, querida?

— No meu edifício, os mil cachorros da vizinhança. Latindo e uivando a noite inteira.

Que bom, ela não foge dos teus olhos. Poucas mulheres fazem isso. Agora maiores e mais verdes. Podem te engolir, não mais de ódio.

Uma hora já se passou. Nem uma só vez uma pergunta pessoal. Ah, o inverno medonho de Curitiba, cada ano mais gélido.

— Muito friorenta. Ai, se não é a meia de lã, a minha pantufa branca...

Epa, o bruto nem lhe esfrega e beija o pezinho.

— E a crise? Em tempo de inflação, a dura vida do empresário. A butique vai bem, mas até quando? Com as vendas do fim de ano, aplicar na poupança? Ou investir para crescer, se endividando no banco?

Era a deixa que ele esperava.

— Empréstimo no banco? Jamais. Os juros escorchantes. As vendas vão bem, sim, e o risco da inadimplência? Não confundir lucro e receita. Sem aviso, novo plano? novo confisco? A prudência de aguardar. Que estabilize a economia. Se aplicar, seja na renda fixa. O fluxo de caixa...

Ela passa a demorar o fosfóreo olho verde. Enfim está me valorizando. Não sou babaca qualquer. E responde com segurança às suas dúvidas. O cenário? Da queda próxima de juros. Uma assessoria financeira lhe sugere. Que tal agendarem reunião para a semana?

— A senhora pode me ligar. A Maria tem o meu número.

Resiste a estender o cartão ali no bolsinho. Orra, se cai na mão do pai assassino? De repente o toque da campainha. Vozes. Estalido da porta.

Cabisbaixa, uma garota cruza por eles, some na porta interna. Ela também? Parece menor.

Mais meia hora se arrastou. Ei, não era tempo? E bate na porta.

— Ainda demora?

— Não. Ela já sai

Em seguida vem a mocinha, sorriso lívido. Move-se devagar, um tanto insegura. A mãe beija-a, envolve nos braços:

— Está bem, filhinha?

Sim, com a cabeça.

— O carro, mãe? Você traz? — estende-lhe as chaves. — Já vamos descendo.

Ele a ampara no corredor deserto. Muito cuidado ao descerem os degraus. Em passinho miúdo até a esquina.

— Foi tudo bem? Agora vai descansar? Ele recomendou repouso?

— Vou para casa. À tarde tenho prova. Não posso perder.

— Até depois. Me dá um abraço.

Pronto, a moça nele se agarra e desata no choro. Mais, a soluçar alto. Ali, dez da manhã, rua cheia de gente. Ele, em pânico: Se chega um conhecido, vê a guria em pranto nos meus braços? Dizer o quê? A mãe dela morreu? A mãe, não. Melhor o pai, que nem conheço.

Todos que passam ficam olhando. Ela não pára de soluçar. O que esse monstro fez pra ela? Estou perdido. Ó Deus, me acuda. Baixinha, mal lhe alcança o ombro, o rosto escondido no seu peito forte.

Mas ele? É visto e vê por sobre a cabeça. Uma cara patética, de natureza-morta. Todo mundo espiando, alguns sorrindo. E esse carro, pô, que não chega.

Enfim chega, abre a porta. Desajeitada, ela entra. Ele a ajuda, toda trêmula. No rosto as lágrimas correndo soltas, por que não enxuga?

Aceno. Lá se vão as duas. Salvo, orra. Te devo essa, Deus. Aprendi a lição, juro. Nunca mais. Longe de mim, ó tentadoras!

Precipita-se para o escritório. Trabalha frenético Jamais tão delicado e solícito no trato. Se lhe pedis sem um copo dágua, iria às crateras da Lua para atender. Meio da tarde, liga:

— Tudo bem com você?

— Sim. Tô bem.

— Fez a prova?

— Não. A mãe não deixou. Nem tive coragem.

— Se der uma folga, passo aí pra te ver.

— Venha, sim. Pra gente conversar.

Faz dois, quase três anos. Não foi aquela tarde. Acompanhou a mulher nas compras de Papai Noel. Envia-lhe, porém, um bonito cartão de Natal — nas circunstâncias, um nadinha irônico?

Uma semana depois, o depósito de quatrocentos reais na sua conta — é garota de palavra. E nunca mais falou com ela.

Nem a mãe telefona pela assessoria. Uma e outra ocasião, ele passa de carro diante da butique. A tentação de entrar: os finos dedos que castigam a saia indócil, a curva lancinante da panturrilha, ó pezinho de suas delícias.

Ah, sim. Muita noite ainda sonha com criança. É um menino.

Este livro foi composto na tipologia Minion,
em corpo 13/19, e impresso em papel
Offset 90g/m² no Sistema Cameron da
Divisão Gráfica da Distribuidora Record.